AF542790

Par Delisle de la Drevetière d'après Barbier.

NOUVEAU THEATRE ITALIEN.

ARLEQUIN SAUVAGE

COMÉDIE,

Par le Sieur Delisle.

Représentée pour la premiere fois par les Comédiens Italiens ordinaires du Roi, le 17. Juin 1721.

A PARIS,

Chez BRIASSON, rue Saint Jacques, à la Science.

Le même Libraire vend aussi :

LE Théatre Italien, ou Recueil général de toutes les Comédies & Scénes Françoises, représentées par les Comédiens Italiens du Roi, avec les airs gravés, & les figures à chaque Comédie, par Gherardy, *in*-12. 6. *vol. Figures*, 1741.

Le nouveau Théatre Italien, ou Recueil des Piéces représentées par les Comédiens Italiens ordinaires du Roi, depuis leur établissement en 1716. jusqu'à présent; avec les airs des Vaudevilles gravés à la fin de chaque Volume, 10. *vol. in*-12. 1752.

Les Parodies du Théatre Italien, avec les airs gravés, 4. *vol. in*-12. 1738.

Les Comédies purement Italiennes, représentées par les Comédiens Italiens, sous le titre de Nouveau Théatre Italien de Riccoboni, avec les Traductions Françoises, 3. *vol. in*-12. 1733.

Le Théatre de Mademoiselle Barbier, *in*-12. 1745.

Le Théatre de M. Brueys, *in*-12. 3. *vol.* 1735.

Les Œuvres de M. du Fresny, *in*-12. 4. *vol.*

Le Théatre de M. Palaprat, *in*-12. 1735.

Les Œuvres de M. Autreau, 4. *vol.*

ACTEURS
de la Comédie.

LÉLIO, Amant de Flaminia.

MARIO, autre Amant de Flaminia.

PANTALON, Pere de Flaminia.

FLAMINIA, Amante de Lélio.

VIOLETTE, ſuivante de Flaminia.

ARLEQUIN, Sauvage.

SCAPIN, Valet de Lélio.

Un MARCHAND.

Un PASSANT.

L'HYMEN,

L'AMOUR.

TROUPE d'Amours.

TROUPE de Plaiſirs.

TROUPE d'Archers.

La Scene eſt à Marſeille.

ARLEQUIN SAUVAGE

ACTE PREMIER.

SCENE PREMIERE.

LÉLIO, SCAPIN.

LÉLIO.

AS-tu tout préparé pour mon départ ?

SCAPIN.

La Felouque est arrêtée, & vous pourrez partir demain à l'heure que vous voudrez.

LÉLIO.

Je prétends que le jour ne me retrouve pas dans Marseille : tous les momens que je passe loin de Flaminia, me semblent des siécles; & je me livrerois avec plaisir à la fureur des tempêtes, si elles me poussoient vers cette belle avec plus de rapidité.

SCAPIN.

Laissons-là les tempêtes, c'est une voiture trop incommode ; l'expérience que nous en avons faite dans notre naufrage, ne doit nous laisser aucune tentation pour leurs secours. Consultez un peu votre Sauvage sur cela.

LÉLIO.

Il est vrai que sa frayeur étoit grande, & si j'avois pû rire dans le péril où nous étions, je me serois diverti de sa colere, & des injures qu'il me disoit à cause du danger où je l'avois exposé.

SCAPIN.

Il fut pourtant le moins embarrassé ; dès que le vaisseau fut échoué, il n'attendit pas la chaloupe pour se sauver, mais il se jetta à la nage, & fut le premier hors de danger, sans s'embarrasser de ceux qu'il y laissoit.

LÉLIO.

A propos, d'Arlequin, où l'as-tu laissé?

SCAPIN.

Il est dans l'admiration de tout ce qu'il voit, & vous ririez de son étonnement.

LÉLIO.

Je l'imagine assez ; c'est pour m'en ménager le plaisir, que j'ai défendu de l'inftruire de nos coûtumes. La vivacité de fon efprit qui brilloit dans l'ingénuité de fes réponfes, me firent naître le deffein de le mener en Europe avec fon ignorance : je veux voir en lui la nature toute fimple oppofée parmi nous aux Loix, aux Arts & aux Sciences ; le contrafte fans doute fera fingulier.

SCAPIN.

Des plus finguliers !

LÉLIO.

Va tout préparer pour demain ; je vais chercher dans cette campagne un homme avec qui j'ai quelques affaires.

SCENE II.

MARIO, LELIO.

MARIO.

JE commence à croire férieufement, que les mariages font écrits dans le Ciel, & qu'ils s'accompliffent fur la terre. A peine Flaminia eft dans cette Ville, que je l'aime. Je parle, & fon pere me l'accorde : voilà mener les chofes du bon pied. Mais que vois-je ! N'eft ce pas Lélio ? Oui, c'eft lui-même. Seigneur Lélio ?

LÉLIO.

Ah ! mon cher ami, est-ce vous ?

MARIO.

Je suis charmé de vous voir; personne n'a pris plus de part à votre malheur que moi. Pardonnez à mon empressement ; votre naufrage a-t-il été aussi funeste à votre fortune que l'on me l'a écrit d'Espagne ?

LÉLIO.

J'y devois tout perdre ; mais heureusement j'ai retrouvé ce que j'avois de plus précieux, & ce que j'y ai perdu n'est pas considérable.

MARIO.

Voilà la nouvelle du monde qui pouvoit le plus me flatter, & je vous en félicite de tout mon cœur. Mais par quelle aventure êtes-vous dans cette Ville ?

LÉLIO.

Par l'impatience de voir un objet aimable qui m'appelle en Italie. Je l'aimois avant mon voyage, le pere me l'avoit accordée, & nous étions sur le point d'être heureux, lorsque je me vis obligé d'aller aux Indes, pour y recueillir une riche succession. Comme je trouvai les choses en regle, j'eus bien-tôt fini mes affaires: je partis : j'ai fait naufrage sur la côte d'Espagne. Après en avoir ramassé les débris, & donné ordre à quelques affaires, je me suis embarqué sur un vaisseau de cette Ville, pour passer d'ici en Italie.

MARIO.

Je suis charmé de tout ce que vous me dites. Pour vous rendre confidence pour confidence, je vous dirai que je suis amoureux aussi, & que je vais me marier.

LÉLIO.

Comme je suis persuadé que vous faites un choix digne de vous, je vous en félicite de tout mon cœur.

MARIO.

La personne est aimable, riche, & d'un bon caractere.

LÉLIO.

C'est tout ce que l'on peut souhaiter. Est-elle de cette Ville ?

MARIO.

Non, elle est Italienne; c'est la fille d'un de mes amis. Des affaires importantes l'ont appellé ici, où il est depuis quinze jours avec cette aimable personne. Comme il est logé chez moi, j'ai eu occasion de la voir souvent : elle m'a plû, je l'ai dit au pere, il me l'accorde ; voilà en deux mots toute mon histoire.

LÉLIO.

Je souhaite que la possession de cette charmante personne, & le temps que vous aurez de vous mieux connoître, ne fasse qu'augmenter vos feux.

MARIO.

J'espere d'être heureux avec elle. Mais vous me ferez bien l'honneur d'assister à ma noce.

LÉLIO.

Je m'y convierois de moi-même si je pouvois. Vous aimez, & vous connoissez l'inquiétude des Amans, lorsqu'ils sont éloignés de ce qu'ils aiment; ainsi je n'ai besoin que de mon amour pour me justifier auprès de vous: j'ai quelques affaires dans cette Ville, auxquelles il faut que je donne ordre, & je parts demain. Adieu, je suis obligé de vous quitter; j'aurai l'honneur de vous embrasser chez vous avant que de partir.

MARIO.

Je suis fâché de ne pouvoir pas vous arrêter, mais il faut vous laisser libre. Adieu.

SCENE III.

LÉLIO, ARLEQUIN.

LÉLIO.

Allons; mais voilà Arlequin.

ARLEQUIN.

Les sottes gens que ceux de ce Pays! les uns ont de beaux habits qui les rendent fiers; ils levent la tête comme des Autruches; on les traîne dans des cages, on leur donne à boire & à manger, on les met au lit, on les en retire; enfin on diroit qu'ils n'ont ni bras, ni jambes pour s'en servir.

LÉLIO.

Le voilà dans les réflexions: il faut que je m'amuse un moment de ses idées. Bon jour, Arlequin.

ARLEQUIN.

Ah! te voilà: bon jour, mon ami.

LÉLIO.

A quoi penses-tu donc?

ARLEQUIN.

Je pense que voici un mauvais Pays, & si tu m'en crois, nous le quitterons bien vîte.

LÉLIO.

Pourquoi?

ARLEQUIN.

Parce que j'y vois des Sauvages insolens qui commandent aux autres, & s'en font servir; & que les autres, qui sont en plus grand nombre, sont des lâches, qui ont peur, & font le métier des bêtes: je ne veux point vivre avec de telles gens.

LÉLIO.

Tu loüeras un jour ce que ton ignorance te fait condamner aujourd'hui.

ARLEQUIN.

Je ne ſçais: mais vous me paroiſſez de ſots animaux.

LÉLIO.

Tu nous fais beaucoup d'honneur. Ecoute : tu n'es plus parmi des Sauvages qui ne ſuivent que la nature brute & groſſiere, mais parmi des Nations civiliſées

ARLEQUIN.

Qu'eſt-ce que cela, des Nations civiliſées ?

LÉLIO.

Ce ſont des hommes qui vivent ſous des Loix.

ARLEQUIN.

Sous des Loix ! Et quels Sauvages ſont ces gens-là ?

LÉLIO.

Ce ne ſont point des Sauvages, mais un ordre puiſé dans la raiſon, pour nous retenir dans nos devoirs, & rendre les hommes ſages, & honnêtes gens.

ARLEQUIN.

Vous naiſſez donc fous & coquins dans ce pays ?

LÉLIO.

Pourquoi le penſes-tu ?

ARLEQUIN.

Il n'eſt pas bien difficile de le deviner. Si vous avez beſoin de Loix pour être ſages & honnêtes gens, vous êtes fous & coquins naturellement ; cela est clair.

LÉLIO.

Bon : nous naissons avec nos défauts comme tous les hommes ; la raison seule soûtenue d'une bonne éducation, peut les réformer.

ARLEQUIN.

Vous avez donc de la raison ?

LÉLIO.

Belle demande ! sans doute.

ARLEQUIN.

Et comment est faite votre raison ?

LÉLIO.

Que veux-tu dire ?

ARLEQUIN.

Je veux sçavoir ce que c'est que votre raison.

LÉLIO.

C'est un lumiere naturelle qui nous fait connoître le bien & le mal, & qui nous apprend à faire le bien & à fuir le mal.

ARLEQUIN.

Eh mor-non de ma vie, votre raison est faite comme la nôtre !

LÉLIO.

Apparemment, il n'y en a pas deux dans le monde.

ARLEQUIN.

Mais puisque vous avez de la raison,

pourquoi avez-vous besoin de Loix; car si la raison apprend à faire le bien & à fuir le mal, cela suffit ; il n'en faut pas davantage.

LÉLIO.

Tu n'en sçais pas assez pour comprendre l'utilité des Loix : elles nous apprennent à faire un bon usage de la vie pour nous & pour nos freres ; l'éducation que l'on nous donne, nous rend plus aimables à leur égard. Si nous leur offrons quelque chose, nous l'accompagnons de complimens & de politesses qui donnent un nouveau prix à la chose.

ARLEQUIN.

Cela est drôle. Fais-moi un peu un compliment, afin pue je sçache ce que c'est.

LÉLIO.

Supposons que je te veux donner à dîner.

ARLEQUIN.

Fort bien.

LÉLIO.

Au lieu de te dire grossierement : Arlequin, viens dîner avec moi : je te salue poliment, & je te dis : mon cher Arlequin, je vous prie très-humblement de me faire l'honneur de venir dîner avec moi.

ARLEQUIN.

Mon cher Arlequin, je vous prie très-humblement de me faire l'honneur de venir dîner avec moi. Ah, ah, ah! la drôle de chose qu'un compliment!

LÉLIO.

Vous ne ferez pas traité aussi-bien que vous le meritez.

ARLEQUIN.

Cela ne vaut rien: ôte le ton de compliment.

LÉLIO.

Je voudrois bien vous faire meilleure chere.

ARLEQUIN.

Eh bien, fais-la moi meilleure, & laisse tout ce discours inutile.

LÉLIO.

Ce que je te dis n'empêche pas que je ne te fasse bonne chere; ce n'est que pour te faire comprendre que je t'aime tant, & que mon estime pour toi est si forte, que je ne trouve rien d'assez bon pour toi.

ARLEQUIN.

Tu me crois donc bien friand? Allons; je te passe le compliment, puisqu'il n'empêche point que tu ne me fasse bonne chere; quoiqu'à te parler franchement, j'aurois bien autant aimé que tu m'eufses dit sans façon, que tu me vas bien traiter.

LÉLIO.

C'est-là le moindre avantage que l'éducation produit chez les hommes.

ARLEQUIN.

A te dire la vérité, je trouve cet avantage bien petit.

LÉLIO.

Elle nous rend humains & charitables.

ARLEQUIN.

Bon cela.

LÉLIO.

Elle nous fait entrer dans les peines d'autrui.

ARLEQUIN.

Bon cela.

LÉLIO.

Elle nous engage à prévenir leurs besoins.

ARLEQUIN.

Cela est excellent.

LÉLIO.

A protéger l'innocence, à punir les vices. C'est par elle que dans ce pays on trouve à sa porte tout ce dont on a besoin, sans se donner la peine de l'aller chercher : on n'a qu'à parler, & sur le champ on voit cent personnes qui courent pour prévenir vos besoins.

ARLEQUIN.

ARLEQUIN.

Quoi ! l'on vous apporte ici tout ce que vous demandèz pour vous épargner la peine de l'aller chercher vous-même ?

LÉLIO.

Sans doute.

ARLEQUIN.

Je ne m'étonne donc plus si tu fais si bonne chere, & je commence à voir que dans le fond vous ne valez rien, mais que les Loix vous rendent meilleurs & plus heureux que nous ; puisque cela est ainsi, je te suis bien obligé de m'avoir mené dans ton pays ; pardonne à mon ignorance : tu vois bien qu'à voir tout ce que vous faites, je ne pouvois pas m'imaginer que vous fussiez si honnêtes gens.

LÉLIO.

Je le sçai. Retourne au logis : je te dirai le reste une autre fois.

SCENE IV.

ARLEQUIN.

ARLEQUIN.

CE Pays-ci est original ! qui diable auroit jamais deviné qu'il y eût eu des hommes dans le monde qui eussent besoin de Loix pour devenir bons ?

SCENE V.

PANTALON, FLAMINIA, VIOLETTE, ARLEQUIN.

PANTALON.

QUe dites-vous de ce pays-ci, ma fille ?

FLAMINIA.

Qu'il est charmant, mon Pere.

PANTALON.

Aimeriez-vous à y rester ?

FLAMINIA.

Beaucoup, mon pere.

PANTALON.

Eh bien, vous y resterez : notre Hôte le Seigneur Mario vous aime, il vous demande en mariage, & je vous ai promise.

FLAMINIA

Ciel ! que m'apprenez-vous ? Et Lélio ?

PANTALON.

Il le faut oublier ; il a perdu son bien par un naufrage, & son état ne vous permet plus de penser à lui, ni lui à vous.

FLAMINIA.

Et qu'importe de son état, s'il m'aime toûjours, & s'il est toûjours aimable ? Il peut avoir perdu son bien, mais son mérite lui reste.

PANTALON.

C'est perdre son mérite que de perdre son bien.

FLAMINIA.

Oui, pour une autre ame que pour la mienne. Si ses malheurs sont vrais, ils me donneront le plaisir de le retirer des mains de la mauvaise fortune, pour lui rendre par celles de l'amour ce que la tempête lui a ravi.

PANTALON.

Consultez moins votre cœur que votre raison, ce n'est que d'elle dont vous avez besoin aujourd'hui.

FLAMINIA.

Mon cœur & ma raison sont d'accord.

Arlequin pendant cette Scene se promene sur le Théatre, & va donner dans le nez de Pantalon.

ARLEQUIN.

Oh, le plaisant animal! je n'en ai jamais vû comme celui-là. Ah, ah, ah, la ridicule figure!

PANTALON.

Qui est cet impertinent?

ARLEQUIN *à Flaminia.*

Dis-moi, comment appelles-tu cette bête-là?

FLAMINIA.

Vous êtes un insolent. C'est un homme respectable, qui vous fera rouer de coups, si vous n'y prenez garde.

ARLEQUIN.

Lui, un homme ? ah, ah, ah, la drôle de figure ! Dis-moi, Barbette, de quelle diable d'espece es-tu donc ? car je n'ai jamais vû d'hommes ni de bêtes faits comme toi.

PANTALON.

Maraut, si tu ne te retires, tu pourras bien avec ta Barbette t'attirer une volée de coups de bâton.

ARLEQUIN *à part.*

Quels diables de gens sont donc ceux-ci ? ils se fâchent de tout. *haut.* Je t'appelle Barbette, parce que tu as un barbe longue, longue.

VIOLETTE.

Ne lui faites point de mal, Monsieur, ne voyez-vous pas que c'est un pauvre innocent ?

ARLEQUIN.

Elle est bonne, celle-là, elle sçait apparemment mieux les Loix que les autres.

FLAMINIA.

Le pauvre homme a l'esprit troublé.

ARLEQUIN.

Vous en avez menti : je ſuis un homme ſage, un ignorant à la vérité, un âne, une bête, un ſauvage, qui ne connoît point de Loix ; mais d'ailleurs un très-galant homme, plein d'eſprit & de mérite.

FLAMINIA.

Je le crois, mon ami. Cet homme-là me fait peur.

PANTALON.

Un uomo ſavio, de ſpirito, un ignorante, un aſino, una beſtia, ma pur uomo de grand mérito, ah, ah, ah !

FLAMINIA.

Il y a quelque choſe de ſingulier en lui. Ecoute, mon ami, de quel pays es-tu ?

ARLEQUIN.

Moi ? je ſuis d'un grand bois où il ne croît que des ignorans comme moi, qui ne ſçavent pas un mot de Loix ; mais qui ſont bons naturellement. Ah, ah ! nous n'avons pas beſoin de leçons, nous autres, pour connoître nos devoirs ; nous ſommes ſi innocens, que la raiſon ſeule nous ſuffit.

FLAMINIA.

Si cela eſt, vous en ſçavez beaucoup, mais comment êtes-vous venu ici ?

ARLEQUIN.

Je suis venu dans un grand canot long, long.... pouf, il étoit long comme le diable, nous y étions moi & puis le Capitaine, & puis trois autres Nations que l'on appelle les Matelots, les Soldats & les Officiers.

FLAMINIA.

Sa simplicité est extrême : c'est un Sauvage, comme il le dit, qui ne sçait rien encore de nos mœurs.

ARLEQUIN.

Oh pour cela pas un mot : tout ce que je sçai, c'est que vous naissez fous & coquins, mais que les Loix vous rendent sages & honnêtes gens. C'est le Capitaine qui me l'a appris ; il les sçait bien lui les Loix. Les sçais-tu bien aussi-toi ?

FLAMINIA.

Sans doute.

ARLEQUIN.

Tu es donc de ces honnêtes filles qui offrent aux passans ce qui leur fait plaisir ?

FLAMINIA.

Tu me fais bien de l'honneur.

ARLEQUIN.

Je crois que cette Grace-là les sçait mieux que toi.

FLAMINIA.

Pourquoi ?

ARLEQUIN.

Parce qu'elle est bonne, & qu'elle n'a pas voulu que tu me fisse du mal. Dis moi, je la trouve jolie; crois-tu qu'elle m'aime?

FLAMINIA.

Elle vous aimera, si elle vous trouve aimable: essayez. (*à part.*) Il faut que je me divertisse aux dépens de Violette.

ARLEQUIN.

Elle est appétissante. Je vous trouve bien aimable, & je n'ai jamais vû de fille qui m'ait plû davantage, en vérité.

VIOLETTE.

Vous êtes bien obligeant, Monsieur.

ARLEQUIN.

Je ne suis point Monsieur, je m'appelle Arlequin.

VIOLETTE.

Arlequin: que ce nom est joli!

ARLEQUIN.

Oui. Et le vôtre est-il aussi joli que vous? Dites-le moi, je vous en prie.

VIOLETTE.

Je me nomme Violette.

ARLEQUIN.

Violette: le charmant petit nom! il vous convient bien; vous êtes si fleurie, que vous devez être de la race des fleurs.

FLAMINIA.

Comment! cela est dit avec esprit.

PANTALON.

J'ai entendu dire que les Sauvages parloient toûjours par métaphore.

FLAMINIA.

Il est fort joli.

ARLEQUIN *à Violette.*

Vous entendez bien ? cette fille me trouve joli : me trouvez-vous joli, vous ?

VIOLETTE.

Oui.

ARLEQUIN.

Vous m'aimez donc ? car on doit aimer ce que l'on trouve joli.

VIOLETTE.

On n'aime pas si facilement dans ce pays ; il faut bien d'autres choses.

ARLEQUIN.

Eh que faut il de plus ? Vous verrez que c'est encore là un tour des Loix que je n'entends pas ; foin de mon ignorance. Ecoutez, je ne sçais qu'aimer, s'il faut quelqu'autre chose pour se rendre aimable, apprenez-le-moi ; & je le ferai.

VIOLETTE.

Il faut dire de jolies choses, faire des caresses tendres.

ARLEQUIN.

Pour des caresses, je sçai ce que c'est, & je vous en ferai tant que vous voudrez : quant aux jolies choses, je ne les sçais pas en en vérité ; mais commençons toûjours par les caresses, en attendant que j'aie appris le reste.

VIOLETTE.

Non pas cela ; il faut au contraire commencer par les jolies choses, afin de gagner le cœur de sa maîtresse, & d'obtenir d'elle la permission de lui faire des caresses.

ARLEQUIN.

Mais comment diable voulez-vous que je vous les dise, ces jolies choses, je ne les sçai pas : apprenez-les-moi, & je vous les dirai.

VIOLETTE.

Ce n'est point à moi à vous les apprendre.

ARLEQUIN.

Et comment ferai-je donc?

FLAMINIA.

Le voilà bien embarrassé! Ecoute : dire de jolies choses, c'est louer la beauté de sa Maîtresse, la comparant avec esprit à ce qu'on voit de plus beau ; lui vanter ses vœux & la sincérité de l'amour que l'on sent pour elle.

ARLEQUIN.

Eh ventre de moi, nous en disons donc de jolies choses, lorsque nous sommes dans nos bois ? Peste de ma bêtise ; écoutez seulement, je vais vous dire les plus jolies choſes du monde : écoutez, écoutez-bien.

VIOLETTE.

J'écoute.

ARLEQUIN.

Vous êtes plus belle que le plus beau jour ; vos yeux ſont comme le Soleil & la Lune lorſqu'ils ſe levent, votre nez eſt comme une montagne éclairée de leurs rayons, & votre viſage une plaine charmante où l'on voit naître des fleurs de tous les côtés. Eh bien ! cela n'eſt-il pas joli ?

VIOLETTE.

Pas trop : je ſerois horrible, ſi j'étois faite comme vous dites-là. Deux grands yeux comme le Soleil & la Lune, un nez comme une montagne ! fi, je ferois peur !

ARLEQUIN.

Vous ne trouvez donc pas cela beau ?

VIOLETTE.

Non.

ARLEQUIN.

Je ne ſçai qu'y faire, je n'en ſçai pas davantage. Tenez, cela me brouille, donnez moi le tems d'apprendre ces jolies choſes que je ne ſçai pas, & en attendant, faiſons l'amour comme on le fait dans les bois, aimons-nous à la Sauvage.

FLAMINIA.

Arlequin a raison, Violette; tu dois faire l'amour à sa maniere, jusqu'à ce qu'il sçache la tienne.

ARLEQUIN.

Oui; car ma maniere est facile; on la sçait, celle-là, sans l'avoir apprise. Allons dans mon pays: on présente une allumette aux filles; si elles la soufflent, c'est une marque qu'elles veulent vous accorder leurs faveurs; si elles ne la soufflent pas, il faut se retirer. Cette méthode vaut bien celle de ce pays: elle abrege tous les discours inutiles. *Il allume une allumette.*

PANTALON.

Que dis-tu de la conquête de Violette?

FLAMINIA.

Elle n'est pas brillante, mais elle est plus assûrée que la plûpart de celles dont nos beautés se flattent.

ARLEQUIN *avec l'allumette.*

Voici un cérémonie sans compliment qui vaut mieux que toutes celles de ce pays. *Il présente l'allumette, Violette la souffle.* Ah! quel plaisir! Allons, ne perdons point de tems: il ne s'agit plus de complimens ici, venez ma belle. *Il l'emporte dans ses bras.*

VIOLETTE.

Ah! ah! Monsieur, au secours.

PANTALON.

Tout beau, Arlequin; ce n'est pas comme cela qu'il faut s'y prendre.

ARLEQUIN.

Pourquoi m'ôtes-tu cette fille?

PANTALON.

Parce que la violence n'est pas permise.

ARLEQUIN.

Je ne lui fais pas violence; elle le veut bien, puisqu'elle a soufflé mon allumette.

PANTALON.

Tu vois pourtant qu'elle crie.

ARLEQUIN.

Bon! elles sont toutes comme cela, il n'y faut pas prendre garde.

FLAMINIA.

On ne va pas si vîte dans ce pays.

ARLEQUIN.

Qu'est-ce que cela me fait; ne sommes-nous pas convenus de faire l'amour à la sauvage?

FLAMINIA.

Oui, mais non pas pour l'allumette; cela feroit tort à Violette.

ARLEQUIN.

Eh pourquoi? n'est-elle pas la maîtresse de faire ce qui lui fait plaisir, lorsque la chose ne fait mal à personne?

FLAMINIA.

Non, cela est défendu.

ARLEQUIN.

Vous êtes des foux, de défendre ce qui vous fait plaisir.

FLAMINIA.

Ecoute: si tu es sage, je te donnerai Violette. Tu vois bien cette Maison?

ARLEQUIN.

Oui.

FLAMINIA.

C'est là où Violette & moi demeurons, viens nous y voir, & nous t'apprendrons à faire l'amour à la maniere du pays.

ARLEQUIN.

Allons.

FLAMINIA.

Non pas à present, tu viendras une autre fois.

ARLEQUIN.

Et pourquoi pas à présent?

FLAMINIA.

Parce que Violette a des affaires.

ARLEQUIN.

Mais je n'en ai point moi, d'affaires.

FLAMINIA.

Je le crois; mais Violette en a, & tu dois avoir de la complaisance pour elle.

ARLEQUIN.

Cela est-il joli, d'avoir de la complaisance?

FLAMINIA.

Sans doute, il n'y a rien de plus joli.

ARLEQUIN.

Allez donc faire vos affaires; mais faites vîte, car je suis pressé.

VIOLETTE.

Adieu Arlequin. *Elle sort avec Flaminia & Pantalon.*

SCENE VI.

ARLEQUIN, UN MARCHAND.

LE MARCHAND.

Monsieur, voulez-vous acheter quelque chose?

ARLEQUIN.

Eh?

LE MARCHAND.

Si vous voulez de ma marchandise, voyez. *Il déploie sa boutique.*

ARLEQUIN.

Pourquoi me fais-tu voir cela?

LE MARCHAND.

Afin que vous voyez s'il y a quelque chose qui vous fasse plaisir.

ARLEQUIN

Et s'il y a quelque chose qui me fasse plaisir, tu me le donneras?

LE MARCHAND.

Avec joie: je ne demande pas mieux.

ARLEQUIN *à part.*

Le Capitaine a raison, il ne ment pas d'un mot. *haut.* Et tu vais donc par le pays porter ces choses, pour chercher des gens qui les prennent ?

LE MARCHAND.

Oui, Monsieur, il le faut bien.

ARLEQUIN.

Les bonnes gens ! les bonnes gens ! & la belle chose que les loix.

LE MARCHAND.

Voyez donc, Monsieur, ce qu'il vous plaira.

ARLEQUIN.

Cela me passe : voyons. *Il regarde avec beaucoup de jeu ; il voit le portrait d'une femme, qu'il croit être une femme véritable.* Ah ! qu'est-ce que cela ? une femme ; qu'elle est petite !

LE MARCHAND.

Elle est jolie, n'est-ce pas ?

ARLEQUIN *la caresse.*

Petite mamour. Qu'elle est gentille ! Mais comment diable l'a-t-on pû faire tenir là ?

LE MARCHAND.

Ah, ah ! vous vous divertissez.

ARLEQUIN.

Je ne comprends pas qu'il puisse y avoir de si petites femmes. Fait-on celles là comme les autres ?

LE MARCHAND. *lui montre un pinceau.*

Voilà avec quoi on les fait.

ARLEQUIN.

Et comment nommes-tu cela ?

LE MARCHAND.

Un pinceau.

ARLEQUIN.

Ah, ah, ah ! la plaisante chose, & les drôles d'instrumens que ceux dont on fabrique les hommes : ah ! ma foi, ce pays est original en toute chose. Dis-moi, mon ami, t'a-t-on fait aussi avec un pinceau ?

LE MARCHAND.

Moi ?

ARLEQUIN.

Toi.

LE MARCHAND.

Moi ! si l'on m'a fait avec un pinceau ? ah, ah, ah, ah ! Et vous a-t-on fait avec un pinceau ?

ARLEQUIN.

Bon ! je suis d'un pays d'ignorans, ignorantissimes ; où les hommes sont si bêtes, qu'ils n'en sçauroient faire d'autres sans femmes.

LE MARCHAND.

Effectivement, voilà une grande ignorance ; nous en sçavons bien davantage ici, comme vous voyez.

ARLEQUIN.

Le diable m'emporte si j'y comprends rien.

LE MARCHAND.

Allons, Monsieur, voyez ce qui vous fait plaisir.

ARLEQUIN.

Tout me fait plaisir.

LE MARCHAND.

Eh bien, prenez-tout

ARLEQUIN.

Mais, tu n'auras rien après.

LE MARCHAND.

Tant-mieux : un Marchand ne demande pas mieux que de se défaire de sa marchandise.

ARLEQUIN.

Tu te nommes donc un Marchand ?

LE MARCHAND.

Oui.

ARLEQUIN.

Je suis bien aise de sçavoir le nom d'un si bon homme. Donne. Voilà une bonté sans exemple : le Capitaine est trop aimable de m'avoir conduit chez de si bonnes gens. *Il prent tout.*

LE MARCHAND.

Mais combien m'en voulez-vous donner ?

ARLEQUIN.

Moi ? je n'ai rien à te donner, & j'en ſuis bien fâché ; car je ſuis naturellement bon, quoique je ne ſçache pas les Loix.

LE MARCHAND.

Ce n'eſt pas là mon compte, il me faut cinq cens frans.

ARLEQUIN.

Je veux mourir ſi j'ai un franc, ni ſi je ſçai ſeulement ce que c'eſt.

LE MARCHAND.

Rendez-moi donc ma marchandiſe.

ARLEQUIN.

Bon ! tu veux rire ?

LE MARCHAND.

Je ne ris point : rendez ce que vous avez à moi, ou je m'irai plaindre.

ARLEQUIN.

Et à qui ?

LE MARCHAND.

Au Juge.

ARLEQUIN.

Quel animal eſt-ce que celà ?

LE MARCHAND.

C'eſt un honnête homme qui fait éxécuter les Loix, & pendre ceux qui y manquent : entendez-vous ?

ARLEQUIN.

Ainſi ſi tu manquois à la Loi, il te feroit pendre ?

LE MARCHAND.

Sans-doute.

ARLEQUIN.

Il feroit fort bien : à ce que je vois la bonté des gens de ce pays n'est pas volontaire, on les fait être bons par force.

LE MARCHAND.

Allons, Monsieur, je ne ris pas, payez-moi, ou rendez-moi ma marchandise.

ARLEQUIN.

Je meure si j'entends rien de ce que tu dis; payez-moi, donnez-moi des francs ? quel diable de galimathias est-ce là ?

LE MARCHAND.

Ah ! que de raisons.

ARLEQUIN.

Pourquoi te fâches-tu ? tu m'es venu offrir ta marchandise de bonne amitié, je l'ai prise pour te faire plaisir ; & à présent tu te mets en colere contre moi; fi; cela est vilain.

LE MARCHAND.

Vous n'êtes qu'un fripon ; & si vous ne me rendez promptement ce que vous avez à moi, je. . . .

ARLEQUIN.

Hola, ho ! Si tu ne t'en vas bien vîte, je t'assommerai.

LE MARCHAND.

Comment, est-ce ainsi que l'on paye

les gens ? au voleur. *Il se jette sur Arlequin, qui le charge.* Au secours, miséricorde !

ARLEQUIN.

Il faut que j'arrache la chevelure à ce coquin. *Il leve le sabre, & le Marchand abandonne sa perruque en fuyant.*

LE MARCHAND.

Ah mon Dieu ! me voila ruiné.

SCENE VII.

ARLEQUIN *seul.*

OH, oh ! Qu'est-ce donc que cela ? cette chevelure n'est point naturelle.... Comment, diable ! à ce que je vois, les gens d'ici ne sont point tels qu'ils paroissent, & tout est emprunté chez eux, la bonté, la sagesse, l'esprit, la chevelure. Ma foi, je commence tout de bon à avoir peur, me voyant obligé de vivre avec de tels animaux : allons trouver le Capitaine, pour sçavoir de lui ce que c'est que tout cela.

Fin du premier Acte.

ACTE II.

SCENE PREMIERE.

ARLEQUIN, Troupe d'ARCHERS, LE MARCHAND.

ARLEQUIN.

LE Capitaine m'a dit que les gens de ce pays étoient bons, & je les trouve tous méchans comme des diables ; cela viendroit-il de mon ignorance ?

UN ARCHER.

Voilà un homme qui ressemble à celui dont on nous a fait le portrait : abordons-le. Bon jour, mon ami.

ARLEQUIN.

Bon jour. *Il tourne autour d'eux & les regarde, & dit à part.* Voilà des Sauvages de mauvaise mine.

L'ARCHER.

N'avez-vous point vû passer un Marchand ?

ARLEQUIN.

Qui portoit de la marchandise pour attraper les passans ?

L'ARCHER.

Cela peut bien être.

ARLEQUIN.

Un petit vilain homme?

L'ARCHER.

Justement.

ARLEQUIN.

Ah, ah! je l'ai vû; il m'a joué un tour du diable.

L'ARCHER.

Voyez ce coquin.

ARLEQUIN.

Il m'a fait, je vous dis, un tour exécrable, mais il l'a bien payé; car je n'aime pas que l'on se moque de moi.

L'ARCHER.

Vous avez raison: voyez si ne n'est pas un fripon; il nous a dit que vous lui aviez pris sa marchandise, & que vous n'avez pas voulu la lui payer.

ARLEQUIN.

Il vous l'a dit?

L'ARCHER.

Oui.

ARLEQUIN.

J'en suis bien aise, il vous a dit la vérité. Et vous a-t-il dit aussi que je l'ai bien battu?

L'ARCHER.

Oui, il nous a rendu compte de tout fort exactement.

ARLEQUIN.

Cela me ſurprend, je ne lui croyois pas tant de bonne foi. Ce coquin m'eſt venu offrir ſa marchandiſe ; il m'a tant prié de la prendre, que je l'ai priſe pour lui faire plaiſir. Après cela ce belître vouloit que je lui donnnaſſe des francs ; ſi j'en avois eu, je lui en aurois donné de bon cœur ; mais je ne ſçai pas même ce que c'eſt. Il s'eſt fâché parce que je n'avois pas de francs à lui donner, & il vouloit que je lui rendiſſe ſa marchandiſe : cela m'a mis en colere, parce que je voyois qu'il ſe moquoit de moi ; auſſi je lui ai donné tant de coups de bâton, que je l'aurois aſſommé s'il n'avoit pas pris la fuite.

L'ARCHER.

Fort bien.

ARLEQUIN.

Oh le voilà : écoute, belître, n'eſt-il pas vrai que tu es venu m'offrir ta marchandiſe ?

LE MARCHAND.

Oui : eh bien que voulez-vous dire ? Meſſieurs, c'eſt-là le voleur.

ARLEQUIN.

Que je l'ai priſe ?

LE MARCHAND.

Oui.

ARLEQUIN.

Qu'après cela tu voulois que je te donnasse des francs, ou que je te rendisse ta marchandise ?

LE MARCHAND,

Assurément : j'en voulois cinq cens francs, & c'étoit son prix.

ARLEQUIN.

Ecoutez bien : ne t'ai-je pas dit que je n'avois point de francs ?

LE MARCHAND.

Oui.

ARLEQUIN.

Ne t'ai-je pas dit aussi que je ne voulois pas te rendre ta marchandise ?

LE MARCHAND.

Oui.

ARLEQUIN.

Ne t'es-tu pas fâché parce que je n'avois pas des francs, & que je ne voulois pas te rendre ta marchandise ?

LE MARCHAND.

Assurément que je me suis fâché : n'avois-je pas raison ?

ARLEQUIN.

Ecoutez bien, écoutez bien, Messieurs: ne t'ai-je pas donné à la place des cinq cens francs, cinq cens coups de bâton ?

LE MARCHAND.

Si je l'avois oublié, mes épaules m'en feroient

feroient bien ſouvenir.

ARLEQUIN.

Eh bien, vous voyez que je ne ment pas d'un mot; je ne le fais pas parler.

L'ARCHER.

Nous le voyons.

LE MARCHAND.

Il ne faut point d'autres preuves, Meſſieurs, que ſa propre confeſſion.

L'ARCHER.

Nous ſommes ſuffiſamment inſtruits, & l'on vous rendra juſtice.

ARLEQUIN *à l'Archer.*

Ecoutez; ce fripon ne ſçait la Loi qu'à moitié : ſçavez-vous ce que je veux faire?

L'ARCHER.

Que voulez-vous faire ?

ARLEQUIN.

Je veux aller trouver le Juge, pour lui faire donner encore une leçon des Loix.

L'ARCHER.

Vous avez raiſon : venez avec nous, nous allons vous y mener.

ARLEQUIN.

Je ne puis pas à preſent.

L'ARCHER.

Il faut bien que vous le puiſſiez, car cela eſt néceſſaire.

ARLEQUIN.

Non, vous dis-je, je ne le puis pas

en vérité, j'ai des affaires,

L'ARCHER.

Vous les ferez une autre fois.

ARLEQUIN.

Oh non, la chose presse; je suis amoureux d'une jolie fille: lorsque je l'aurai vûe, je vous irai trouver, si je le puis.

L'ARCHER.

Allons, Monsieur le fripon, vous faites l'innocent, je vous connois; marchez.

ARLEQUIN.

Que veux donc dire cela?

L'ARCHER.

Cela veut dire qu'il faut venir en prison.

ARLEQUIN.

Je n'y veux pas aller, moi.

L'ARCHER.

On vous y fera bien aller.

ARLEQUIN.

Si tu me fâches, je prierai le Juge de te donner aussi une leçon des Loix.

L'ARCHER.

Marche, il va t'en faire donner une, après laquelle tu n'en auras pas besoin d'autres.

ARLEQUIN.

Je ne veux pas de ses leçons, moi; le Capitaine m'apprendra bien les Loix sans lui.

L'ARCHER.

Il s'y est pris un peu trop tard ; & je te promets que demain à cette heure, tu seras dûement pendu & étranglé.

ARLEQUIN.

Moi !

L'ARCHER.

Oui, toi.

ARLEQUIN.

Eh pourquoi ?

L'ARCHER.

Pour toutes les gentillesses que tu viens de nous raconter.

ARLEQUIN.

Ecoute, si tu me fais mettre en colere, je t'assommerai, toi, & tous les coquins qui te suivent.

L'ARCHER.

Allons, qu'on le saisisse.

Les Archers se jettent sur Arlequin & l'enlevent malgré sa résistance ; Sur ces entrefaites Lélio arrive.

SCENE II.

LÉLIO, ARLEQUIN, les ARCHERS, le MARCHAND.

LÉLIO *à part.*

C'Eſt Arlequin que ces Archers ont pris, il aura fait quelque ſotiſe. *Haut.* Meſſieurs, où menez-vous cet homme; il m'appartient.

L'ARCHER.

C'eſt un voleur de grand chemin que nous conduiſons en priſon, pour avoir volé ce Marchand.

LE MARCHAND.

Oui, Monſieur, il m'a volé.

ARLEQUIN.

Ah! damné de Capitaine, que le diable te puiſſe emporter avec tous les honnêtes gens de ton pays, qui viennent poliment vous offrir les choſes pour vous attraper, & vous faire enſuite étrangler : ah! ſcélérat, ne m'as tu amené de ſi loin que pour me jouer ce tour.

LE MARCHAND.

Il fait ainſi l'innocent ; je lui ai voulu vendre tantôt ma marchandiſe, il l'a priſe, & puis il faiſoit ſemblant de croire que j'avois voulu la lui donner : il faiſoit le niais, comme s'il n'avoit jamais vû d'argent, & à la fin il ne m'a payé qu'à coups de bâton.

LÉLIO.

Eh ! Messieurs, ce pauvre homme est un Sauvage que j'ai amené avec moi : il n'a aucune connoissance de nos usages ; & ce matin pour me divertir de son ignorance, je lui ai dit que l'on trouvoit ici toutes les choses dont on avoit besoin sans peine, & qu'il y avoit des gens qui venoient vous les offrir, sans expliquer que c'est pour de l'argent : il a pris ce que je lui ai dit au pied de la lettre, parce qu'il n'en sçavoit pas davantage ; ainsi je suis la cause innocente du mal qu'il vous a fait, & je veux le réparer. Dites-moi, Monsieur, ce qu'il a à vous, je vous le payerai.

L'ARCHER.

Si cela est ainsi, ce pauvre homme n'a pas tort : payez seulement ce Marchand, & ramenez votre Sauvage chez vous.

LE MARCHAND.

Que Monsieur me fasse rendre ma marchandise, je ne demande que cela.

LÉLIO.

As tu encore les choses que tu lui a prises ?

ARLEQUIN.

Oui, je les ai ; mais je ne les veux plus ; je serois bien fâché d'avoir rien à un belître comme toi. Tiens.

L'ARCHER.

Voilà un procès bien-tôt fini.

LE MARCHAND.

Nous sommes tous contens, *à Lélio*; mais votre Sauvage ne l'est peut-être pas? Je voudrois bien, pour qu'il n'eût rien à me reprocher, lui rendre les coups de bâton qu'il m'a donnés.

ARLEQUIN.

Je ne les veux pas moi : quand je donne quelque chose, c'est de bon cœur.

L'ARCHER.

Monsieur, je suis votre serviteur.

ARLEQUIN.

Allez-vous en à tous les diables.

SCENE III.

LÉLIO, ARLEQUIN, *faisant mine au Parterre sans rien dire, ni regarder son Maitre.*

LÉLIO *à part.*

Le voilà bien fâché : je veux me donner la comédie toute entiere. *haut.* En bien, Arlequin, voici un bon pays, & où les gens ſont fort aimables, comme tu vois : *Arlequin le regarde ſans répondre.* Tu ne dis mot : tu devrois bien au moins me remercier de t'avoir empêché d'être pendu.

ARLEQUIN.

Que le diable t'emporte, toi, tes freres & ton pays.

LÉLIO.

Eh pourquoi me ſouhaite-tu un ſi triſte ſort?

ARLEQUIN.

Pour te punir de m'avoir conduit dans un pays civiliſé, où la bonté que vous faites ſemblant d'avoir, n'eſt qu'un piége que vous tendez à la bonne foi de ceux que vous voulez attraper : je vois clairement que tout eſt faux chez vous.

LÉLIO.

C'eſt que tu ne ſçais pas encore ce qu'il faut ſçavoir pour nous trouver aimables ; mais je veux te l'apprendre.

ARLEQUIN.

Tu es un babillard, & c'eſt tout ; mais parle, parle, puiſque tu en as tant d'envie : auſſi-bien je ſuis curieux de voir comment tu t'y prendras, pour me prouver que ce Marchand n'eſt pas un fripon.

LÉLIO.

Rien n'est plus facile. Nous ne vivons point ici en commun, comme vous faites dans vos forêts; chacun y a son bien, & nous ne pouvons user que de ce qui nous appartient; c'est pour nous le conserver, que les Loix sont établies: elles punissent ceux qui prennent le bien d'autrui sans le payer; & c'est pour l'avoir fait que l'on vouloit te pendre.

ARLEQUIN.

Fort bien! mais que donne-t-on pour ce que l'on prend?

LÉLIO.

De l'argent.

ARLEQUIN.

Qu'est-ce que cela de l'argent?

LÉLIO.

En voilà.

ARLEQUIN.

C'est-là de l'argent? Cela est drôle. *Il le porte à la dent.* Ahi! il est dur comme un diable.

LÉLIO.

On ne le mange pas.

ARLEQUIN.

Qu'en fait-on donc?

LÉLIO.

On le donne pour des choses dont on a besoin, & l'on pourroit presque l'appel-

lesler une caution, puisqu'avec cet argent on trouve par-tout tout ce qu'on veut.

ARLEQUIN.

Qu'est-ce qu'une caution ?

LÉLIO.

Lorsqu'un homme a donné une parole & que l'on ne se fie pas à lui, pour plus grande sûreté on lui demande caution, c'est-à-dire, un autre homme qui promet de remplir la promesse que celui-la a faite, s'il y manque.

ARLEQUIN.

Fi! au diable, éloigne-toi de moi.

LÉLIO.

Pourquoi ?

ARLEQUIN.

Parce que je crains les gens qui ont besoin de caution.

LÉLIO.

Je n'en ai pas besoin, moi.

ARLEQUIN.

Je n'en sçais rien, & je voudrois caution pour te croire, après toutes les menteries que tu m'as dit. Mais cet argent n'est pas un homme, & par conséquent il ne peut donner de paroles; comment donc peut-il servir de caution ?

LÉLIO.

Il en sert pourtant, & il vaut mieux que toutes les paroles du monde.

ARLEQUIN.

Votre parole ne vaut donc gueres, & je ne m'étonne plus si tu m'as dis tant de menteries ; mais je n'en serai plus la dupe ; & si tu veux que je te croye, donne-moi des cautions.

LÉLIO.

Je le veux ; en voilà.

ARLEQUIN.

Les vilaines gens que ceux avec qui il faut prendre de telles précautions ; j'en ai honte pour lui ; mais cela vaut encore mieux que d'être pendu. Parle à présent.

LÉLIO.

Tu vois par ce que je viens de dire, qu'on n'a rien ici pour rien, & que tout s'y acquiert par échange. Or pour rendre cet échange plus facile, on a inventé l'argent, qui est une marchandise commune & universelle, qui se change contre toutes choses, & avec laquelle on a tout ce que l'on veut.

ARLEQUIN.

Quoi ! en donnant de ces berloques, on a tout ce dont on a besoin ?

LÉLIO.

Sans doute.

ARLEQUIN.

Cela me paroît ridicule, puisqu'on ne peut ni le boire, ni le manger.

LÉLIO.

On ne le boit, ni on ne le mange; mais on trouve avec de quoi boire, & de quoi manger.

ARLEQUIN.

Cela est drôle ! tes coûtumes ne sont peut-être pas si mauvaises que je les ai crues. Il ne faut donc que de l'argent pour avoir toutes choses sans soins & sans peines.

LÉLIO.

Oui, avec de l'argent, on ne manque de rien.

ARLEQUIN.

Je trouve cela fort commode & bien inventé. Que ne me le disois-tu d'abord, je n'aurois pas risqué de me faire pendre; apprends-moi donc vîte où l'on donne de cet argent, afin que j'en fasse ma provision.

LÉLIO.

On n'en donne point.

ARLEQUIN.

Eh bien, où faut-il donc que j'aille en prendre ?

LÉLIO.

On n'en prend point aussi.

ARLEQUIN.

Apprends-moi donc à le faire ?

LÉLIO.

Encore moins; tu serois pendu si tu avois fait une seule de ces pieces.

ARLEQUIN.

Eh! comment diable en avoir donc? on n'en donne point, on ne peut pas en prendre, il n'est pas permis d'en faire: je n'entends rien à ce galimathias.

LÉLIO.

Je vais te l'expliquer. Il y a deux sortes de gens parmi nous, les riches & les pauvres. Les riches ont tout l'argent, & les pauvres n'en ont point.

ARLEQUIN.

Fort bien.

LÉLIO.

Ainsi pour que les pauvres en puissent avoir, ils sont obligés de travailler pour les riches, qui leur donnent de cet argent à proportion du travail qu'ils font pour eux.

ARLEQUIN.

Et que font les riches tandis que les pauvres travaillent pour eux?

LÉLIO.

Ils dorment, ils se promenent, & passent leur vie à se divertir & faire bonne chere.

ARLEQUIN.

Cela est bien commode pour les riches.

LÉLIO.

Cette commodité que tu y trouves fait souvent tout leur malheur.

ARLEQUIN.

Pourquoi ?

LÉLIO.

Parce que les richesses ne font que multiplier les besoins des hommes : les pauvres ne travaillent que pour avoir le nécessaire ; mais les riches travaillent pour le superflu, qui n'a point de bornes chez eux, à cause de l'ambition, du luxe, & de la vanité qui les dévorent : le travail & l'indigence naissent chez eux de leur propre opulence.

ARLEQUIN.

Mais si cela est ainsi, les riches sont plus pauvres que les pauvres mêmes, puisqu'ils manquent de plus de choses.

LÉLIO.

Tu as raison.

ARLEQUIN.

Ecoute, veux-tu que je te dise ce que je penses des Nations civilisées.

LÉLIO.

Oui : qu'en penses-tu ?

ARLEQUIN.

Il faut que je te dise la vérité, car je n'ai point d'argent à te donner pour caution de ma parole. Je pense que vous êtes des fous qui croyez être sages, des ignorans qui croyez êtres habiles, des pauvres qui croyez être riches, & des esclaves qui croyez être libres.

LÉLIO.

Eh pourquoi le penses-tu ?

ARLEQUIN.

Parce que c'est la vérité. Vous êtes fous, car vous cherchez avec beaucoup de soins une infinité de choses inutiles; vous êtes pauvres, parce que vous bornez vos biens dans l'argent, ou d'autres diableries, au lieu de jouir simplement de la nature comme nous, qui ne voulons rien avoir, afin de jouir plus librement de tout. Vous êtes esclaves de toutes vos possessions, que vous préférez à votre liberté & à vos freres, que vous feriez pendre s'ils vous avoient pris la plus petite partie de ce qui vous est inutile. Enfin vous êtes des ignorans, parce que vous faites consister votre sagesse à sçavoir les Loix, tandis que vous ne connoissez pas la raison, qui vous apprendroit à vous passer de Loix comme nous.

LÉLIO.

Tu as raison, mon cher Arlequin; nous sommes des fous, mais des fous réduits à la nécessité de l'être.

ARLEQUIN.

Votre plus grande folie est de croire que vous êtes obligés d'être fous.

LÉLIO.

Mais que veux-tu que nous fassions ?

il faut du bien ici pour vivre ; si l'on n'en a point, il faut travailler pour en avoir, car le pauvre n'a rien pour rien.

ARLEQUIN.

Cela est impertinent. Mais à propos, je n'ai point d'argent, moi, & par conséquent je suis donc pauvre ?

LÉLIO.

Sans doute que tu l'es.

ARLEQUIN.

Quoi ! je serai obligé de travailler comme ces malheureux pour vivre ?

LÉLIO.

Tu n'en dois pas douter.

ARLEQUIN.

Que le diable t'emporte. Pourquoi donc, scélérat, m'as-tu tiré de mon pays pour m'apprendre que je suis pauvre ? je l'aurois ignoré toute ma vie sans toi : je ne connoissois dans les forêts ni les richesses, ni la pauvreté : j'étois à moi-même mon Roi, mon Maître & mon valet, & tu m'as cruellement tiré de cet heureux état, pour m'apprendre que je ne suis qu'un misérable & un esclave. Reponds-moi, scélérat, homme sans foi, sans charité. *Il pleure.*

LÉLIO.

Console-toi, mon cher Arlequin, je suis riche, moi, & je te donnerai tout ce qui te sera nécessaire.

ARLEQUIN.

Et moi je ne veux rien redevoir de toi; comme vous ne donnez ici rien pour rien, ne pouvant te donner de l'argent, qui est le diable qui vous possede tous, tu voudrois que je me donnasse moi-même, & que je fusse ton esclave, comme ces malheureux qui te servent: je veux être homme libre, & rien plus. Remene moi donc où tu m'a pris, afin que j'aille oublier dans mes forêts qu'il y a des pauvres & des riches dans le monde.

LÉLIO.

Ne t'allarme point, tu ne seras point mon esclave : tu seras heureux, je t'en donne ma parole.

ARLEQUIN.

Bon ! belle parole, qui sans caution ne vaut pas cela. *Il fait un signe avec les doigts.*

LÉLIO.

Et bien je te donnerai des cautions.

ARLEQUIN.

Allons, malgré le mépris que j'ai pour tes freres, je veux bien demeurer ici pour l'amour de toi, & d'une jolie fille qui se nomme Violette, dont je suis amoureux.

LÉLIO.

Violette ! dis-tu ? la suivante de Flaminia se nommoit ainsi. Où as tu vû cette Violette ?

ARLEQUIN.

Là où tu m'as trouvé tantôt.

LÉLIO.

Comment est-elle faite ?

ARLEQUIN.

Ah ! elle est bien belle.

LÉLIO.

Grande ?

ARLEQUIN.

Pas trop.

LÉLIO.

Brune, ou blonde ?

ARLEQUIN.

Blonde.

LÉLIO.

Etoit-elle seule ?

ARLEQUIN.

Non : elle étoit avec une autre fille plus maigre qu'elle, mais jolie, & avec un homme fait... ah ! si tu le voyois, tu creverois de rire : il a une robe noire & du rouge dessous, un couteau à sa ceinture, & une barbe longue & pointue : ah, ah, ah ! je n'ai jamais vû une figure si ridicule.

LÉLIO *à part.*

C'est assurément Pantalon, voilà son portrait, & Flaminia est avec lui. Par quelle aventure se trouveroit elle à Marseille... Mais quoi ! Mario m'a dit qu'il se marioit avec une Italienne arrivée ici depuis quinze jours. Ciel ! éloigne de moi les maux que je crains. Il faut que j'approfondisse cette aventure ; & que je revoie Mario.

ARLEQUIN.

Que dis-tu là ?

LÉLIO.

Rien.

ARLEQUIN.

Violette avoit soufflé mon allumette ; mais on n'a pas voulu que je l'aie menée avec moi, parce qu'on dit qu'auparavant il faut que j'apprenne à lui dire de jolies choses, pour obtenir la liberté de lui faire des caresses ; car c'est comme cela qu'on fait l'amour ici ; n'est-ce pas ?

LÉLIO *rêveur.*

Oui. L'ingrate me trahiroit-elle ?

ARLEQUIN.

Eh tu parles tout seul.

LÉLIO.

Oui, oui.

ARLEQUIN.

Oui, oui. Il est fou. Tu m'apprendras ces jolies choses ?

LÉLIO.

Oui, tantôt. Je suis dans une agitation où je ne me possede pas : il faut que j'aille trouver Mario. Mais le voici fort à propos.

SCENE IV.

MARIO, LÉLIO, ARLEQUIN.

MARIO.

Je vous rencontre heureusement.

LÉLIO.

J'allois chez vous de ce pas. La précipitation avec laquelle je vous ai quitté tantôt, ne m'a pas permis de m'informer plus particulierement des choses qui vous touchent : puisque je vous trouve, pardonnez quelque chose à ma curiosité : votre Epouse est Italienne, dites-vous ?

MARIO.

Oui.

LÉLIO.

Puis-je vous demander de quel endroit ?

MARIO.

De Venise.

LÉLIO.

Je connois cette Ville : Quelle est sa famille ?

MARIO.

C'est la fille d'un riche Négociant de ce pays-là.

LÉLIO.

Son nom ?

MARIO.

Il se nomme Pantalon, & elle Flaminia.

LÉLIO.

Ah ciel!

MARIO.

D'où vous vient cette surprise? La connoissez-vous?

LÉLIO.

Oui.

MARIO.

N'est-elle pas fille bien estimable?

LÉLIO.

Elle a tout ce qui peut engager un honnête homme; mais ce qui va vous surprendre, cette Flaminia est la même personne que j'allois chercher.

MARIO.

Vous!

LÉLIO.

Oui moi: vous pouvez juger par la passion que je vous ai fait voir pour elle, quels doivent être à présent mes sentimens. Je l'aime. Que dis-je? Je l'adore, & je perdrai la vie, plûtôt que de souffrir qu'un autre me l'enleve.

MARIO.

Vous me surprenez, & je ne m'attendois pas de trouver en vous un rival.

LÉLIO.

Je m'attendois encore moins d'en avoir un en vous, c'est le coup le plus funeste qui pouvoit me frapper, mais enfin l'amitié se taît dans le cœurs où l'amour regne. Seigneur Mario, prenez votre parti, il faut me ceder Flaminia, ou me la disputer par les armes.

MARIO.

Je ne m'attendois pas que notre entrevûe dût finir par un combat; mais puisque vous le voulez, Flaminia vaut bien un ami : si vous l'avez, vous ne l'aurez du moins qu'après m'avoir vaincu. *Ils mettent l'épée à la main.*

ARLEQUIN.

Hola, ai! que faites-vous? *Il se jette entre eux.*

LÉLIO.

Ote-toi de-là.

MARIO.

Je te passe mon épée à travers du corps, si tu ne t'éloignes.

ARLEQUIN.

Et moi je vous assommerai tous les deux. Ah! les bons amis qui s'embrassent, & après ils se veulent tuer.

LÉLIO.

Laisse-nous libres, nous avons nos raisons.

ARLEQUIN.

Et quelles raisons? je les veux sçavoir.

LÉLIO.

Il faut s'en défaire, nous vuiderons

notre différend ensuite. Nous sommes tous les deux amoureux de la même fille, & c'est pour sçavoir à qui elle sera que nous nous battons.

ARLEQUIN.

Eh bien, que ne courez-vous tous les deux l'allumette avec elle, l'un n'empêche pas l'autre.

LÉLIO.

Mais nous voulons l'épouser.

ARLEQUIN.

Ah, ah, je ne sçavois pas cela : effectivement vous ne pouvez pas l'épouser tous les deux.

MARIO.

Et c'est pour sçavoir qui l'épousera, que nous nous battons. Ote-toi de-là.

ARLEQUIN.

Ah les sottes gens ! Mais dites-moi celui qui tuera l'autre, épousera donc cette fille ?

MARIO.

Oui.

ARLEQUIN.

Oui : & sçavez-vous si elle le voudra ; elle aime l'un ou l'autre, ainsi il faut lui demander avant que de vous battre, celui qu'elle veut que l'on tue.

LÉLIO.

Mais,

ARLEQUIN.

Mais, mais. Oui, bête que tu es; car si c'est lui qu'elle aime, & que tu le tue, elle te haïra davantage, & ne te voudra pas.

MARIO.

Seigneur Lélio, je crois qu'il a raison.

LÉLIO.

Il n'a peut-être pas tant de tort.

ARLEQUIN.

Tenez, vous êtes deux ânes: au lieu de vous battre, allez trouver cette fille, & demandez-lui celui qu'elle veut: celui-là l'épousera, & l'autre ira en chercher une autre, sans se fâcher mal-à-propos contre un homme qui ne lui fait point de tort, puisqu'il a autant de raison de vouloir cette fille que lui, & que ce n'est pas sa faute si elle l'aime davantage.

LÉLIO.

Arlequin n'est qu'un Sauvage; mais sa raison toute simple lui suggere un conseil digne de sortir de la bouche des plus sages; voulez-vous que nous le suivions?

MARIO.

Nous serions plus Sauvages que lui, si nous refusions de nous y rendre; mais convenons de nos faits auparavant. Si Flaminia vous a oublié, & si elle me préfere à vous, vous ne me la disputerez plus.

LÉLIO.

J'en serois bien fâché. Pour peu même que son cœur balance, je m'éloigne d'elle pour ne la revoir de ma vie.

MARIO.

Et moi je vous déclare que si elle vous aime encore, je renonce, à elle.

LÉLIO.

Vous a-t-elle marqué de l'amour?

MARIO.

Elle vit d'une maniere avec moi à pouvoir me faire espérer : le peu de temps que je l'ai vû ne m'a pas permis encore de connoître son cœur ; mais son pere m'assure de son obéissance, & j'ai lieu de croire qu'il connoît ses dispositions. Vous, vous a-t-elle aimé ?

LÉLIO.

L'ingrate au moins me le disoit, & son pere approuvoit mes feux: apparemment que les bruits qui ont couru de mes pertes l'ont fait changer : je le pardonne à son ame interessée; mais si Flaminia a été capable du même sentiment, je n'en veux plus entendre parler. Ne perdons plus inutilement le temps ; il faut éclaircir la chose.

MARIO.

Mais si vous paroissez, & que votre présence dissipe les bruits de votre malheur, l'interêt qui vous étoit contraire

étant

étant rempli par votre fortune, Flaminia peut ſentir renaître ſa tendreſſe pour vous par le ſeul objet de ſon intérêt.

LÉLIO.

Non, je n'en veux point, ſi ſa flamme n'eſt auſſi pure & auſſi déſintéreſſée que la mienne.

MARIO.

Faiſons-là donc expliquer ſans paroître ni l'un ni l'autre, afin que ſon cœur agiſſe avec plus de liberté.

LÉLIO.

Je le veux : il ne s'agit que d'en trouver le moyen.

MARIO.

Il eſt tout trouvé : je dois donner ce ſoir une fête à Flaminia, & je vais la diſpoſer pour notre deſſein. Nous y paroîtrons ſous des habits déguiſés, & par un moyen que j'imagine, nous la ferons expliquer avant que de nous découvrir.

LÉLIO.

Rien n'eſt mieux penſé : allons tout préparer ; & toi, mon cher Arlequin, viens avec nous, nous t'avons obligation d'être devenus plus ſages.

ARLEQUIN.

C'eſt-là du compliment; mais celui-ci vaut mieux que celui que tu m'as fait tantôt.

Fin du ſecond Acte.

ACTE III.

SCENE PREMIERE.

ARLEQUIN *seul, en Petit-Maître.*

ME voilà drôlement beau! une chevelure empruntée, un habit beau à la vérité mais, qu'est-ce que tout cela a de commun avec moi, puisque ces beautés ne sont pas les miennes? Cependant avec ce harnois on veut que je sois plus beau: ah, ah, ah! le Capitaine est fou; il trouve des impertinences de fort belles choses. Ce pauvre garçon a l'esprit gâté par les Loix de ce pays; j'en suis fâché, car dans le fond il est bon homme.

SCENE II.

ARLEQUIN, UN PASSANT.

LE PASSANT.

DAns le malheur qui m'accable, la solitude est ma plus grande ressource: je puis du moins m'y plaindre avec liberté de l'injustice des hommes.

ARLEQUIN.

Cet homme-là est fâché.

LE PASSANT.

Heureux mille fois les Sauvages! qui suivent simplement les Loix de la nature,

& qui n'ont jamais connu Cujas ni Bartole.

ARLEQUIN.

Oh, oh! voilà un homme raisonnable. Tu as raison, mon ami; vous êtes tous des belîtres dans ce pays.

LE PASSANT.

A qui en veut ce drôle-là.

ARLEQUIN.

Dis-moi la vérité : je gage qu'on t'a voulu pendre.

LE PASSANT.

Vous êtes un sot, on ne pend pas des gens de ma sorte.

ARLEQUIN.

Pardi tu me la donnes belle! on en pend qui valent mieux ; & sans aller plus loin, sçais-tu bien que j'ai failli à être branché, moi, il n'y a qu'un moment.

LE PASSANT.

Vous?

ARLEQUIN.

Oui, moi-même, en propre personne.

LE PASSANT.

On avoit apparemment de bonnes raisons pour cela.

ARLEQUIN.

On n'avoit que des raisons de ton pays, c'est-à-dire des impertinences. Un coquin de Marchand est venu m'offrir sa marchandise, moi je l'ai prise de bonne amitié;

il vouloit ensuite que je lui donnasse de l'argent. Je n'en avois point : il s'est fâché & moi aussi, & pour le punir je l'ai payé à bons coups de bâton. Voilà toutes les raisons que l'on avoit : cependant ce fripon en est allé chercher d'autres pour m'étrangler ; & mon affaire étoit faite, si le Capitaine ne m'eût retiré de leurs mains.

LE PASSANT *à part.*

Il ne me manquoit plus que cette rencontre ; un voleur de grand chemin qui a sa bande & son Capitaine dans le voisinage.

ARLEQUIN.

Que dis-tu là ?

LE PASSANT.

Je dis que ce Marchand a tort.

ARLEQUIN.

Sans doute, c'est un faquin.

LE PASSANT.

Assurément, & vous avez raison d'être en colere : car c'est une affaire sérieuse que d'être pendu.

ARLEQUIN.

Comment morbleu ! des plus sérieuses ; & quand j'y songe, j'entre dans une colere que je ne me possede pas.

LE PASSANT.

Il faut prendre garde de ne plus vous y exposer. Adieu, Monsieur.

ARLEQUIN.

Où vas-tu ?

LE PASSANT.

Je vais joindre ma compagnie qui n'est pas loin d'ici.

ARLEQUIN.

Non, je veux que tu demeures ; je suis bien aise de causer avec toi.

LE PASSANT.

Je n'ai pas le temps.

ARLEQUIN.

Il faut le prendre, je le veux moi,

LE PASSANT *à part.*

Je serai bien-heureux si j'en suis quitte pour la bourse,

ARLEQUIN.

Dis-moi, es-tu honnête homme ?

LE PASSANT.

J'en fais profession.

ARLEQUIN.

Et comment veux tu que je te croye, si tu ne me donne pas des cautions; car vous en avez tous besoin dans ce pays: allons, donne-m'en, & après nous causerons.

LE PASSANT.

Où voulez-vous que je les prenne ?

ARLEQUIN.

Fouille dans ta poche, c'est-là où vous les mettez.

LE PASSANT *à part.*

La chose n'est plus équivoque : tâchons d'en sortir à meilleur marché que nous pourrons. Je vois bien, Monsieur, ce que vous souhaitez: voilà ma bourse, c'est tout mon bien.

ARLEQUIN.

Si quelqu'un m'en demandoit autant, je le tuerois; car je suis honnête homme, moi, & qui n'est pas sujet à caution.

LE PASSANT.

Je le vois bien, Monsieur. Adieu.

ARLEQUIN.

Arrête.

LE PASSANT *à part*.

Encore. Ciel! tirez moi de ce pas.

ARLEQUIN.

Je suis fâché d'en agir ainsi avec toi, parce que tu me parois bon homme, & que tu estimes les Sauvages.

LE PASSANT.

Plût à Dieu que je fusse né parmi eux: je ne serois pas exposé à tous les maux qui me suivent.

ARLEQUIN.

Voilà tes cautions: je te crois honnête homme sur ta parole, puisque tu voudrois être Sauvage.

LE PASSANT.

Mais, Monsieur.

ARLEQUIN.

Sçais-tu bien que je suis un Sauvage, moi?

LE PASSANT.

Vous?

ARLEQUIN.

Oui. Je ſuis arrivé aujourd'hui dans ton pays, & depuis que j'y ſuis, j'y ai vû plus d'impertinences, que je n'en aurois appris en mille ans dans nos forêts.

LE PASSANT.

Je le crois, *à part*. Dieu ſoit loué, je reſpire.

ARLEQUIN.

Dis-moi donc ce qui te fâche?

LE PASSANT.

C'eſt la perte d'un procès.

ARLEQUIN.

Quelle bête eſt-ce là, un procès?

LE PASSANT.

Ce n'eſt point une bête, mais une affaire que j'avois avec un homme.

ARLEQUIN.

Et comment eſt faite cette affaire?

LE PASSANT.

Mais elle eſt faite comme un procès. *à part*. Me voilà fort embarraſſé pour lui faire comprendre ce que c'eſt qu'un procès. *haut*. Sçavez-vous que nous avons des Loix dans ce pays?

ARLEQUIN.

Oui.

LE PASSANT.

Ces Loix ſont adminiſtrées par de gens ſages & éclairés.

ARLEQUIN.

Que l'on appelle des Juges, n'eſt-ce pas ?

LE PASSANT.

Oui. Or ſi quelqu'un prend votre bien, vous le faites citer devant ces Juges, qui examinent vos raiſons & les ſiennes pour vous juger; & l'on nomme cela un procès.

ARLEQUIN.

Je comprends à préſent ce que c'eſt.

LE PASSANT.

Il y a dix ans que j'intentai un procès à un homme qui me devoit cinq cens francs, & je viens de le perdre, après avoir eſſuyé trente Jugemens différens.

ARLEQUIN.

Et pourquoi donner trente Jugemens pour une ſeule affaire ?

LE PASSANT.

A cauſe des incidens que la chicane fait naître.

ARLEQUIN.

La chicane ! Qu'eſt-ce que cela ?

LE PASSANT.

C'eſt un art que l'on a inventé pour embrouiller les affaires les plus claires, qui deviennent incompréhenſibles, lorſqu'un Avocat & un Procureur y ont travaillé ſix mois.

ARLEQUIN.

Et qu'eſt-ce qu'un Avocat & un Procureur ?

LE PASSANT.

LE PASSANT.

Ce ſont des perſonnes inſtruites des Loix & de la formalité.

ARLEQUIN.

De la formalité ! Je ne ſçai pas ce que c'eſt.

LE PASSANT.

C'eſt la forme & l'ordre dans lequel on doit préſenter les affaires aux Juges pour éviter les ſurpriſes.

ARLEQUIN.

C'eſt bon cela ; ainſi avec cette forme on ne craint plus de ſurpriſe ?

LE PASSANT.

Au contraire, c'eſt cette même forme qui y donne lieu.

ARLEQUIN.

Et pourquoi ?

LE PASSANT.

Parce que c'eſt d'elle que la chicane emprunte toutes ſes forces pour embrouiller les affaires.

ARLEQUIN.

Mais puiſque les Juges ſont des gens établis pour rendre juſtice, pourquoi n'empêchent-ils pas la chicane ?

LE PASSANT.

Ils ne le peuvent pas ; parce que la chicane n'eſt qu'un détour pris dans la Loi, & auquel la forme que l'on a établie pour éviter la surprise a donné lieu.

ARLEQUIN.

Il faut donc que cette Loi & cette forme soient aussi embrouillées que votre raison. Mais dis-moi, puisque les Juges n'ont pas le pouvoir d'empêcher cette injustice, & que vous sçavez que ces Avocats & ces Procureurs embrouillent vos affaires ; pourquoi êtes-vous si sots que de les y laisser mettre le nez? Par la mort! si j'avois un procès, & que ces drôles-là y voulussent toucher seulement du bout du doigt, je les assommerois.

LE PASSANT.

Il n'est pas possible de s'en passer ; ce sont des gens établis par les Loix, par le ministere desquels les affaires doivent être portées devant les Juges ; car il ne vous est pas permis de plaider votre cause vous-même.

ARLEQUIN.

Et pourquoi ne m'est-il pas permis ?

LE PASSANT.

Parce que vous n'avez pas étudié les Loix, & que vous ne sçavez pas la formalité.

ARLEQUIN.

Quoi ! parce que je ne sçai pas l'art d'embrouiller mon affaire, je ne puis pas la plaider ?

LE PASSANT.

Non.

ARLEQUIN.

Ecoute, je pourrois bien te casser la tête pour prix de ton impudence; est-ce parce que je t'ai rendu tes cautions que tu veux te moquer de moi?

LE PASSANT.

Je ne moque point, je ne vous dis que trop la vérité: les Loix sont sages, les Juges éclairés & honnêtes gens; mais la malice des hommes qui abusent de tout, se sert de l'autorité de la Justice pour soûtenir l'iniquité. Comme il faut continuellement de l'argent, les pauvres ne peuvent faire valoir leurs droits, & les autres s'épuisent,

ARLEQUIN.

Quoi! vous donnez de l'argent?

LE PASSANT.

Sans doute; il le faut toûjours avoir à la main, sans quoi Thémis est sourde, & rien ne va.

ARLEQUIN.

Les gens de ce pays ont le diable au corps pour faire argent de tout; ils vendent jusqu'à la justice.

LE PASSANT.

On la donne quant au fond; mais la forme coûte bien cher; & la forme chez nous emporte toûjours le fond; je me suis epuisé pour soûtenir mon proeès, &

je le perds aujourd'hui parce que la forme me manque.

ARLEQUIN.

Et cela te ſâche ?

LE PASSANT.

Belle demande !

ARLEQUIN.

Pardi tu es un grand ſot ! tu dois en être bien aiſe.

LE PASSANT.

Pourquoi ?

ARLEQUIN.

Parce que tu t'es défait d'une mauvaiſe choſe, que tu ſerois bien aiſe d'avoir perdue il y a dix ans : pour moi je t'aſſure que ſi j'avois un tel meuble, je l'aurois bientôt jetté dans la riviere. Mais à propos, ne m'as-tu pas dit que ton procès étoit de cinq cens francs ?

LE PASSANT.

Oui.

ARLEQUIN.

Je ſuis bien fâché que tu l'ayes perdu ; ſi tu l'avois encore je te prierois de me le donner, j'irois chercher mon fripon de Marchand, qui vouloit cinq cens francs de ſa marchandiſe, & je lui donnerois ton procès en payement pour le punir de la piece qu'il m'a faite.

LE PASSANT.

Vous ne pourriez mieux vous venger.

Vos réflexions charment mes ennuis, & je suis bien fâché que mes affaires m'empêchent de jouir plus long-tems du plaisir de votre conversation. Adieu, Monsieur, puissiez-vous toûjours conserver cette innocence & cette simplicité.

ARLEQUIN.

Adieu. Si tu es sage, n'aye plus de procès.

SCENE III.

ARLEQUIN.

C'Est une détestable chose qu'un procès! j'ai peur d'en trouver quelqu'un sous mes pas; mais c'est les biens qui en sont la cause; Oh, oh! j'attraperai bien la chicane & la formalité: je n'aurai rien; ainsi il n'y aura point d'Avocat ni de Procureur qui veuille se donner la peine d'embrouiller mes affaires.

SCENE IV.

FLAMINIA, VIOLETTE, ARLEQUIN.

FLAMINIA.

VOilà notre Sauvage. Où a-t'il pris cet équipage?

VIOLETTE.

Bon jour, Arlequin.

ARLEQUIN.

Ah! bon jour, Violette.

VIOLETTE.

Vous êtes bien beau.

ARLEQUIN.

Vous me trouvez donc beau comme cela ?

VIOLETTE.

Assurément.

ARLEQUIN.

J'en suis bien aise. *à part*. Si la tête n'a pas tourné aux gens de ce pays, je ne suis qu'une bête.

FLAMINIA.

Tu trouves donc extraordinaire que l'on te trouve mieux comme cela ?

ARLEQUIN.

Je trouve fort plaisant de me voir si beau, sans qu'il y aille rien du mien.

FLAMINIA.

Ainsi tu te moques de Violette de dire que tu es beau ?

ARLEQUIN.

Je ne me moque pas de Violette, parce que je suis bien aise qu'elle me trouve beau ; mais je ris de la folie du Capitaine, qui m'a dit des choses impertinentes, qu'il veut me faire croire. Par exemple, il m'a dit, ah, ah, ah, ah !

FLAMINIA.

Et bien, que t'a-t-il dit ?

ARLEQUIN.

Il m'a dit que les jolies gens de ce pays étoient faits comme me voilà, ah, ah, ah !

FLAMINIA *à part.*

Je ne puis m'empêcher d'en rire aussi.

ARLEQUIN.

Il m'a dit encore, que c'étoient les beaux habits qui faisoient que l'on recevoit bien les gens ; que l'on avoit honte d'aller avec ceux qui n'étoient pas bien propres : ah, ah, ah ! il me croit assez simple pour y ajoûter foi.

FLAMINIA.

Cela est pourtant bien vrai, & les plus honnêres gens donnent dans ce travers comme les autres : il semble qu'un bel habit augmente le mérite.

ARLEQUIN.

Il n'y a pas un Sauvage, pour bête qu'il fût, qui ne crevât de rire, s'il sçavoit qu'il y a d'honnêtes gens dans le monde, qui jugent du mérite des hommes par les habits.

FLAMINIA.

Il auroit raison.

ARLEQUIN *à Violette.*

Je suis donc beau, comme vous voyez, & tout cela pour vous plaire.

VIOLETTE.

Je vous suis bien obligée de vos soins.

ARLEQUIN.

Ah, ah ! ce n'est pas le tout, & le Capitaine m'a aussi appris les grimaces & les contorſions qu'il faut faire ſous cet habit. Tenez, voyez ſi je fais bien.

Il contrefait le Petit Maître.

FLAMINIA *à part.*

Aſſurément, voilà un drôle d'original.

VIOLETTE.

Eſt-ce là tout ce que le Capitaine t'a appris ?

ARLEQUIN

Oh que non ; il m'a encore appris à dire de jolies choſes : écoutez. Mademoiſelle, je rends graces à mon heureuſe étoile qui m'a tiré des forêts de l'Amérique pour... pour.... des forêts de l'Amérique pour...

VIOLETTE.

Eh bien. Pour....

ARLEQUIN.

Pour ne rien dire du tout. Foin de ma mémoire, j'ai oublié tout ce que j'avois appris.

VIOLETTE.

J'en ſuis bien fâchée, car cela étoit bien beau.

ARLEQUIN.

Et comment ferai-je donc ?

VIOLETTE.

Je n'en ſçai rien en vérité.

ARLEQUIN.

Vous verrez que je ſerai obligé de m'en aller ſans vous rien dire.

VIOLETTE.

Quoi ! vous ne ſçavez pas me dire que vous m'aimez ?

ARLEQUIN.

Je vous le dirois bien dans les bois ; mais ici je suis bête comme un cheval.

FLAMINIA *à part.*

Il est fort plaisant, *haut.* Crois-moi, Arlequin, laisse-là ces jolies choses, & dis-lui seulement ce que tu penses, cela vaudra encore mieux.

ARLEQUIN

Vous avez raison, & je l'aime mieux aussi ; car j'ai trouvé dans le compliment que j'ai oublié des choses que je ne pensois pas. Par exemple, il y avoit que je voudrois mourir pour elle, & cela n'est pas vrai ; ainsi j'étois fâché de le dire à Violette, de crainte de la tromper, & cela fait que je ne suis pas si fâché de l'avoir oublié.

FLAMINIA.

Tu viens de dire là de plus jolies choses que toutes celles que l'on pourroit t'apprendre, & Violette en doit être fort contente.

VIOLETTE.

Je le suis aussi beaucoup.

ARLEQUIN.

Je puis donc vous épouser sans plus de cérémonies ?

FLAMINIA.

Il faut avoir du bien pour cela : es-tu riche ?

ARLEQUIN.

Non : je suis pauvre, à ce que le Capitaine m'a dit ; car je n'en sçavois rien.

FLAMINIA.

Tant pis : mon pere de qui Violette dépend, ne voudra pas te la donner si tu es pauvre.

ARLEQUIN.

Comment faire donc ? écoute, je suis pauvre, à la vérité ; mais je ne vais rien faire, & pour tout le bien du monde je n'irois pas d'ici là : cela n'est-il pas bon pour le mariage ?

FLAMINIA.

Non assurément : de quoi nourriras-tu ta femme ?

ARLEQUIN.

Je partagerai avec elle ce que le Capitaine me donnera.

FLAMINIA.

Mais de quoi l'habilleras-tu, si tu n'as point d'argent, & si tu n'en veux pas gagner ?

ARLEQUIN.

Te voilà bien embarassée : elle ira toute nuë.

VIOLETTE.

Fi donc !

ARLEQUIN.

Eh bien je te donnerai mes habits, & j'irai nud, moi.

FLAMINIA.

Cela n'est pas permis ici, & l'on te mettroit aux Petites-Maisons.

ARLEQUIN.

Tant mieux, je les aime mieux que les

grandes, où je me perds toûjours, & cela m'ennuie.

FLAMINIA.

Oui : mais les Petites-Maisons sont des endroits, où l'on ne met que les foux.

ARLEQUIN.

C'est bien plûtôt dans les grandes que vous les mettez : n'y a-t-il pas de la folie de bâtir un Village entier pour un seule personne ?

FLAMINIA.

Tu as raison, mais avec tout cela, on ne te donnera pas Violette si tu n'as rien.

ARLEQUIN.

Ah ! les vilaines gens que ceux de ton pays : écoute, Violette, m'aimes-tu ?

VIOLETTE.

Oui.

ARLEQUIN.

Eh bien, viens-t'en avec moi, je te menerai dans un pays où nous n'aurons pas besoin d'argent pour être heureux, ni de Loix pour être sages : notre amitié fera tout notre bien, & la raison toute notre Loi : nous ne dirons pas de jolies choses, mais nous en ferons.

FLAMINIA.

J'aime trop Violette pour la laisser aller; mais ne te mets pas en peine : je n'aime pas le bien, moi, & je ferai en sorte que l'on te donne Violette malgré ta pauvreté.

ARLEQUIN.

Me le promettez-vous ?

FLAMINIA.

Oui.

ARLEQUIN.

Es-tu sujette à caution comme les autres ?

FLAMINIA.

Non, tu peux te fier à ma parole.

ARLEQUIN.

Je le crois, puisque tu n'aimes pas le bien ; car il n'y a que ceux qui préférent l'argent à leurs amis qui aient besoin de cautions. *Violette laisse tomber un miroir qu'Arlequin ramasse ; il s'y voit & croit d'abord que c'est encore un portrait.* Ah, ah! tu portes aussi des hommes en poche : il est bien joli celui-là, il remue. *Arlequin diverti par les mouvemens de l'homme qu'il croit voir, fait cent postures bizarres.* Ah, ah, ce drôle-là est boufon. *Il continue à faire des grimaces.* Pardi voilà un plaisant original, regarde un peu, Violette, il se moque de moi. *Violette regarde, & Arlequin surpris de la voir dans le miroir, marque son étonnement dans tous ses mouvemens.* Oh ! est-ce que tu es double ? te voilà dans deux endroits tout à la fois.

VIOLETTE.

C'est ma figure.

ARLEQUIN.

Mais comment diable est-elle venue là ?

VIOLETTE.

Ah, ah, ah, ah!

ARLEQUIN.

Regarde, regarde, elle rit aussi; ah, ah, ah! & cette autre aussi; ah, ah, ah! *Violette & Arlequin rient, & les ris d'Arlequin augmentent à mesure qu'il se voit rire.* Pardi voilà les plus drôles de corps que j'aie vû; ils font tous comme nous. Baisons-nous un peu, pour voir s'ils se baiseront aussi. *Il la baise.*

FLAMINIA.

Voilà une plaisante scene?

ARLEQUIN.

Vois, vois, comme ils se baisent: ah, ah, ah! *Il regarde derriere le miroir pour voir où ils sont.*

FLAMINIA.

Que cherches-tu?

ARLEQUIN.

L'endroit où ces gens-là sont; il est aussi grand que celui-ci, & cependant je ne puis voir sa place. *Il regarde encore dans le miroir, & n'y voyant plus Violette.* Ah! où diable est allé cette fille qui te ressembloit.

FLAMINIA.

Je veux t'expliquer la chose. On nomme cela un miroir: c'est un secret que nous avons pour nous voir; car ce que tu vois n'est que ton image que cette glace réfléchit: & il en fait de même de toutes les choses qui lui sont présentées.

ARLEQUIN

Voilà un fort beau secret! mais dis-moi, puisque vous sçavez faire de ces miroirs, que n'en faites-vous qui représentent votre ame & ce que vous pensez? ceux-là vaudroient bien mieux; car je pourrois voir dedans si Violette ne me trompe pas, lorsqu'elle me dit qu'elle m'aime.

FLAMINIA.

Effectivement de tels miroirs seroient beaucoup plus utiles.

ARLEQUIN.

Sans doute, & si j'en avois eu un lorsque mon fripon de Marchand est venu pour m'attraper, je l'aurois regardé dedans, & connoissant ses mauvais desseins, je n'en aurois pas été la dupe.

VIOLETTE.

Cela seroit bien nécessaire.

SCENE V.

PANTALON, FLAMINIA VIOLETTE, ARLEQUIN,

FLAMINIA.

AH! mon, pere, si vous étiez venu un moment plûtôt, vous vous seriez bien diverti de la surprise d'Arlequin à la vûe d'un miroir & de ses effets: il nous a donné la comédie.

PANTALON.

Je ſuis bien fâché de ne m'y être pas trouvé. Les plaiſirs naiſſent ici ſous vos pas ; Mario vous en prépare de nouveaux dans une fête galante qu'il vous donne : elle va paroître, je vous prie de faire les choſes de bonne grace.

FLAMINIA.

Il ſera content de ma politeſſe.

PANTALON.

Voici la fête.

L'HYMEN, L'AMOUR. *Troupe de Jeux & de Plaiſirs. Lélio & Mario ſont déguiſés à la ſuite.*

L'AMOUR.

Mon frere, à la fin vous ruinerez votre empire, pour y vouloir engager trop de monde ſans moi. Croyez une fois mes conſeils : laiſſez la fortune & les vains brillans dont vous ſéduiſez les ames plûtôt que vous ne les gagnez, & ne recevez point de cœurs ſous vos loix, ſi l'Amour même ne vous les livre.

L'HYMEN.

Il eſt vrai que je le devrois, mais c'eſt votre faute & non la mienne. Je ne refuſe point les cœurs que vous me préſentez : depuis long-tems vous êtes conjuré contre mon empire, & les feux que vous allumez ne tendent qu'à me détruire.

L'AMOUR.

Finissons aujourd'hui nos débats en faveur de Flaminia : elle doit entrer sous vos loix, je vous offre tous mes feux pour elle : je la blessai autrefois du plus doux de mes traits en faveur de Lélio, vous lui destinez Mario : pour accorder notre différend sur cela, souffrez que je lui présente les cœurs de l'un & de l'autre, & tenons-nous à son choix.

L'HYMEN.

A cette condition je consens de me raccommoder sincerement avec vous.

L'AMOUR *à Flaminia.*

Je vous offre ces cœurs, charmante Flaminia : ils sont tous les deux dignes de vous ; Mario est tendre & riche à la fois, Lélio n'a pour tout bien que les sentimens purs & sinceres que je lui ai inspirés pour vous : choisissez, l'Amour & l'Hymen ne veulent aujourd'hui vous engager que par votre propre choix.

FLAMINIA.

Je vois bien charmant Amour, que vous favorisez secrettement Lélio, puisque vous employez la pitié que ses malheurs exigent de mon cœur, pour animer encore mes sentimens pour lui.

PANTALON.

Songez, Flaminia, à la soumission que

vous

vous devez avoir pour mes volontés, & que c'est Mario qui vous donne cette fête.

FLAMINIA.

Je ne perds point de vûe mes devoirs; mais je sçai que tout est réciproque entre les peres & les enfans, comme entre le reste des hommes: il est sans doute juste que les enfans respectent leur pere en tout, mais il n'est pas moins juste que les peres bornent leur autorité sur leurs enfans, dans les bornes d'une exacte équité, & qu'ils ne la poussent pas jusqu'à les sacrifier à leurs préventions.

PANTALON.

Ce n'est point vous sacrifier, que de vouloir vous rendre heureuse.

FLAMINIA.

Vous croyez me rendre heureuse, & moi je dis le contraire; ainsi vous & moi sommes parties, il n'y a qu'un tiers qui puisse en décider; choisissons-en un.

PANTALON.

Ce seroit un plaisant arbitrage!

FLAMINIA.

Qu'Arlequin nous juge.

PANTALON.

Voilà assurément un Juge bien grave!

FLAMINIA.

Ecoutons-le, cela ne coûte rien.

PANTALON.

Tu es folle.

FLAMINIA.

Il aime la vérité & la dit toûjours lorsqu'il la connoît : il ne faut que lui bien expliquer la chose ; & je suis assurée qu'il décidera sainement.

PANTALON.

Voyons.

FLAMINIA.

Ecoute, Arlequin, j'aime un Amant depuis long-tems, mon pere m'avoit promis de me le donner, il étoit riche lorsque je commençai à l'aimer, aujourd'hui il est pauvre ; dois-je l'épouser quoiqu'il n'ait point de bien ?

ARLEQUIN.

Si tu n'aimois que son bien, tu ne dois pas l'épouser, parce qu'il n'a plus ce que tu aimois ; mais si tu n'aimes que lui, tu dois l'épouser, parce qu'il a encore tout ce que tu aimes.

FLAMINIA.

Oui : mais mon pere qui vouloit me le donner quand il étoit riche, ne le veut plus aujourd'hui qu'il est pauvre.

ARLEQUIN.

C'est que ton pere n'aimoit que son bien.

FLAMINIA.

Et il veut m'en donner un autre qui est

riche, que je ne puis aimer, parce que j'aime toûjours le premier.

ARLEQUIN.

Et cela te fâche?

FLAMINIA.

Sans doute.

ARLEQUIN.

Ecoute : fais perdre encore à celui-ci son bien, & ton pere ne te le voudra plus donner.

FLAMINIA.

Cela n'est pas possible : Que dois je donc faire : obéirai-je a mon pere en prenant celui que je n'aime point, ou lui désobéirai-je en prenant celui que j'aime ?

ARLEQUIN.

Te maries-tu pour ton pere ou pour toi?

FLAMINIA.

Je me marie pour moi seule, apparemment.

ARLEQUIN.

Et bien prens celui que tu aimes, & laisse dire ce vieux fou.

PANTALON.

Le Juge & la fille sont deux impertinens. Taisez-vous.

FLAMINIA.

Je ne lui ai pas dit [illegible] ce qu'il vient de me dire ; mais au terme de [illegible] près, c'est la nature & la raison toute sim[illegible] qui s'expliquent par sa bouche.

PANTALON.

La nature & la raison ne sçavent ce qu'elles disent, vous n'êtes qu'une sotte; on ne vit pas de sentimens, il faut du bien dans le mariage.

MARIO.

Ne vous emportez pas, Monsieur, les sentimens de Mademoiselle sont aussi beaux, que le jugement d'Arlequin est raisonnable, & vous devez vous rendre à ses vœux : quoiqu'ils me soient contraires, je ne les approuve pas moins, & je vous demande comme une preuve de l'amitié dont vous m'honorez, d'être favorable à Lélio.

PANTALON.

Vous prenez, Monsieur, votre parti en galant homme, & moi je sçaurai le prendre en pere sage, & qui sçait ce qui convient à sa fille.

MARIO.

Voici un homme qui vous rendra plus traitable. *Il lui présente Lélio.*

LÉLIO

S'il n'y a, Monsieur, que les bruits de ma mauvaise fortune qui vous aient indisposé contre moi, il est facile de les détruire : je suis plus riche que je n'ai jamais été; & si d'ailleurs vous ne me jugez pas indigne de votre alliance, ma fortune ne mettra point d'obstacle à ma félicité.

PANTALON.

Il n'est donc pas vrai que vous êtes ruiné ?

LÉLIO.

Non, Monsieur : un naufrage que j'ai fait sur les côtes d'Espagne a donné lieu à ces bruits ; vous pouvez, lorsque vous voudrez, approfondir la vérité.

PANTALON.

Je me rends, ma fille a raison.

LÉLIO.

Permettez, charmante Flaminia, que je vous marque ma reconnoissance à vos pieds.

FLAMINIA.

Levez-vous, Lélio, je suis si saisie, que je n'ai pas la force de vous répondre.

PANTALON.

Je vous demande pardon Seigneur Lélio, de l'injustice que je vous faisois ; oubliez la, & recevez ma fille pour gage de notre amitié.

ARLEQUIN.

A ce que je vois, les Amans valent mieux ici que les autres : ils sont plus naturels. Ecoutez, vous trouvez donc mon jugement bon ?

MARIO.

Des meilleurs, mon cher Arlequin.

ARLEQUIN.

Je connois que tout ce que les Loix peuvent faire de mieux chez vous, c'est de vous rendre aussi raisonnables que nous sommes, & que vous n'êtes hommes qu'autant que vous nous ressemblez.

FLAMINIA.

Tu as raison.

ARLEQUIN.

Vous voyez que j'aime Violette comme vous aimez Lélio, c'est-à-dire, sans songer à l'argent; donnez-la moi.

FLAMINIA.

Je le veux, si Violette y consent.

VIOLETTE.

Mais, il est bien joli.

LÉLIO.

Je t'entends: je me charge de vous rendre heureux.

MARIO.

Allons, qu'on ne parle plus ici que de plaisirs.

Les Jeux & les Plaisirs font un Ballet, après lequel on chante les Vers suivans.

AIR.

LEs pompeux nuages
De nos vanités,
Dans tous nos usages
Nous rendent sauvages ;
Et des lueurs de vérité
Font tout le lustre de nos Sages.
Du noir abysme des erreurs,
S'élevent de brillans mensonges :
Leur vif éclat séduit nos cœurs,
Sous le nom de vertus nous consacrons des son-
ges.

Vaudeville.

VOus achetez vos Maîtresses ;
Chez vous sans or, point d'amour ;
On y vend jusqu'aux tendresses.
Tandis que les ours,
Dans les antres sourds,
Donnent leurs caresses.

On voit ici la plus belle
Cacher ses traits sous le fard,
Mais la Guenon naturelle,
Sans rouge, sans art,
Au singe camard
Ne plaît que par elle.

Laissez le rouge des femmes,
Il ne produit point d'erreurs;
Blâmez le fard de vos ames,
Qui masquant vos cœurs,
Les rends plus trompeurs
Que le fard des Dames.

Au Paterre.

Je ne cherche qu'à vous plaire;
Et j'en fais tout mon objet;
Si mon discours trop sincere
Fait mauvais effet,
Parlez, s'il vous plaît,
Je sçaurai me taire.

FIN.

APPROBATION.

J'Ai lû par l'ordre de Monseigneur le Garde des Sceaux, *le nouveau Théatre Italien:* j'ai examiné en particulier les différentes Piéces qui le composent, & je n'y ai rien trouvé qui puisse en empêcher l'impression. Fait à Paris le 3. Novembre 1728.

DANCHET.

www.ingramcontent.com/pod-product-compliance
Lightning Source LLC
LaVergne TN
LVHW020413230826
846091LV00004B/1266

* 9 7 8 2 0 1 4 0 1 9 6 8 1 *